1912 Juin 3

N° 18

ESTAMPES DU XVIIIe SIÈCLE

ÉCOLES FRANÇAISE ET ANGLAISE

EN NOIR ET EN COULEURS

N° 107 du Catalogue

VENTE DU 3 JUIN 1912

SALLE N° 7

EXPOSITION PUBLIQUE

le 2 Juin 1912, de 2 heures à 6 heures

SALLE N° 7

Commissaire-Priseur :
Me ANDRÉ DESVOUGES
26, *Rue de la Grange-Batelière*

Experts :
MM. LÉO DELTEIL & A. LE CORBEILLER
38, *Rue de Châteaudun*

Estampes du XVIIIe Siècle

des Écoles Française et Anglaise

EN NOIR ET EN COULEURS

Conditions de la Vente

Elle sera faite au comptant.

Les adjudicataires paieront *dix pour cent* en sus des enchères.

MM. Léo Delteil et A. Le Corbeiller rempliront les commissions que voudront bien leur confier MM. les Amateurs ne pouvant y assister.

MM. les Amateurs pourront visiter la collection du 28 MAI au 1 JUIN 1912, 38, rue de Châteaudun.

Exposition Publique

le 2 JUIN 1912, de 2 heures à 6 heures

SALLE N° 7

CATALOGUE

D'ESTAMPES

DU XVIIIe SIÈCLE

par ou d'après

BARTOLOZZI, BAUDOUIN, BENWELL, BOILLY, BONNET, L. MARIN, BOREL, BOUCHER, CARÊME, CAZENAVE, CHARDIN, DEBUCOURT, DE GOUY, DEMARTEAU, DESRAIS, FRAGONARD, FREUDEBERG, GREUZE, HICKEL, HUBERT-ROBERT, HUET, JANINET, JAZET, JEAURAT, LANCRET, LAWREINCE, TH. LAWRENCE, LE GRAND, LEVACHEZ, MALLET, MOREAU LE JEUNE, MORLAND, Cte DE PAROY, PATER, PAYE, PERNET, PETERS, PRUDHON, RUSSELL, St-AUBIN, SCHALL, SERGENT-MARCEAU, C. VERNET, VIGÉE-LEBRUN, WATTEAU, WESTALL, WHITE, etc.

Pièces sur les Incroyables et Merveilleuses

Dont la Vente aura lieu : A PARIS, HOTEL DROUOT, SALLE n° 7
LE 3 JUIN 1912, à 2 heures précises

Par le Ministère de Me ANDRÉ DESVOUGES, Commissaire-Priseur
26, Rue de la Grange-Batelière

Assisté de MM. LÉO DELTEIL et A. LE CORBEILLER
MARCHANDS D'ESTAMPES-EXPERTS
38, Rue de Châteaudun, 38 — PARIS

EXPOSITION PUBLIQUE

LE 2 JUIN 1912, de 2 heures à 6 heures, SALLE N° 7

DÉSIGNATION

AUBRY (Ch.)

1. **A Stage-Coach**. D'après H. Vernet. *I. lith. de Delpech.* In-4 en larg.

Très belle épreuve *coloriée.*

AUBRY-LECOMTE

2. **Intèrieur (Mme Récamier)**. 1827. D'après De Juinne. *Chez Noël aîné et fils. Imp. lithog. de Villain.* Lithographie gr. in-fol. en larg.

Intéressante pièce. — Superbe épreuve sur *papier de chine monté*, à toutes marges.

BARTOLOZZI (F.)

3. **The Daughter's of Lady Diana Beauclerck.** D'après Lady Diana Beauclerck. In-4 en larg.

Belle épreuve *avant la lettre, imprimée en bistre et sanguine, et rehaussée de coloris.*

4. — **Cupid sleeping on the lape of a Woman, another Cupid standing by with a bow.** D'après A. Kauffmann. *Publ. sept. 1782 by A. Poggi.* In-4 ovale en larg., au pointillé.

Charmante petite pièce. — Très belle épr. *avant la lettre*; marges.

5. — **Nymph Bathing**. D'après G.-B. Cipriani. Petit in-fol. ovale, au pointillé.

Très belle épreuve **imprimée en couleurs**. Petites marges. Encadrée, cadre ovale.

BAUDOUIN (d'après P.-A.)

6. **Les Amants surpris**. Gravé par P.-P. Choffard, 1767. Dédiée, avec armoiries gravées, à M. P.-J.-V. de Besenval, Bon de Bronnstatt. *A Paris, 1re Cour des Quinze Vingts*. In-fol.

Très belle épreuve.

7. — **Le Léger Vêtement**. Gravé par Chevillet. *A Paris, chés Basan et Poignant;* petit in-fol.

Belle épreuve.

7 *bis*. — **Perrette**. Gravé par H. Guttenberg. Petit in-fol.

Très belle épreuve **avant la lettre**. Petites marges. Encadré, cadre ancien.

8. — **Qu'est-là ?** Gravé par L. Marin (Bonnet). In-4 en larg., en manière de crayon.

Très belle épr. **imprimée en couleurs**. Marges. - Encadrée.

9. — **Rose et Colas**. Gravé par Simonet. *A Paris, chés Basan et Poignant*. In-fol.

Très belle épreuve. Petite marge.

Voir la reproduction.

BAUDOUIN et HUET (d'après)

10. **Le Déjeuné ;**
Le Gouter.
Deux pièces faisant pendants, gravées par Bonnet. In-4, en manière de crayon.

Très belles épreuves **imprimées en couleurs** ; filet de marges.

Voir la reproduction.

BOILLY (d'après L.)

11. **Que n'y est-il encore !** Gravé par Petit. Gr. in-fol.

Très belle épreuve **avant la lettre**. Marges.

BOILLY (L.)

12. **Le Bon Ménage**. 1830. *A Paris, chez Chaillou-Potrelle*. Lithographie originale. In-fol. en larg.

Très belle épreuve *coloriée*.

13. — **Le Cabaret**. *Lith. de Villain*. Lithographie originale, in-fol. en larg.

Belle épreuve *coloriée*. Filet de marges.

14. — **L'Enfance**. Pl. 1 et 2.
Deux pièces faisant pendants. *I. lith. de Delpech*. Lithographies originales. In-4.

Très belles épreuves *coloriées*. Encadrées.

15. — **Le Jeu de Billard ;**
Le Jeu de Tonneau.
Deux lithographies faisant pendants. Gr. in-fol. en larg.

Belles épreuves *coloriées*. Petites restaurations.

16. — **Le Singe Mendiant.** *Imp. lith. de Mlle Formentin.* Lithographie originale, in-fol. en larg.

Très belle épreuve *coloriée.*

BONNET (L. Marin)

17. **Bergère.** D'après F. Boucher. *A Paris, chez Bonnet. N° 22.* In-fol., en manière de crayon.

Très belle épreuve *imprimée en sanguine*, avec marges. Petite restauration dans la marge du bas à droite.

18. — **La Dormeuse.** *A Paris, chez Bonnet. N° 895.* Petit in-fol., en manière de crayon.

Très belle épreuve **imprimée en couleurs.** Marges.

19. — **L'Espoir d'un Heureux Jour.** D'après Bonnieu. *A Paris, chez Bonnet. N° 555.* In-fol. en manière de crayon.

Très belle épr. **imprimée en couleurs.** Marges.

20. — **La Jardinière Fleuriste.** D'après Boucher. *A Paris, chez Bonnet. N° 49.* In-fol., en manière de crayon.

Très belle épr. *imprimée en deux tons : noir et blanc, sur papier bleu.* Marges.

21. — **Jeune femme en buste.** D'après F. Boucher, 1767. *A Paris, chez Bonnet et chez la Ve Chereau.* In-fol., en manière de crayon.

Très belle épreuve **imprimée en couleurs,** *à l'imitation du pastel.* Marges.

22. — **Jeune femme, en pied, assise.** D'après Ollivier. *A Paris, chez Bonnet.* N° 169. In-4 en larg., en manière de crayon.

Très belle épreuve *imprimée aux deux crayons : noir et sanguine.* Encadrée.

N° 10 du Catalogue.

N° 9 du Catalogue.

N° 142 du Catalogue.

N° 24 du Catalogue.

23\. — **The Milk Woman ;**
The Woman faking Coffee, 1774.
Deux pièces faisant pendants. In-fol. ovales équarris.

Superbes épreuves **imprimées en couleurs**, *avec les encadrements en or.*

Fraicheur remarquable.

24\. — **The Pleasures of Education, 1777 ;**
The Charms of the Morning.
Deux pièces faisant pendants. In-fol. ovales équarris.

Superbes épreuves **imprimées en couleurs**, *avec les encadrements en or.*

Fraicheur remarquable.

Voir la reproduction.

25\. — **Le Moment présent ;**
L'Oubli de soi-même.
Deux pièces faisant pendants. D'après Desrais, 1780. *A Paris, chez Bonnet.* In-4.

Très belles épreuves en *coloris ancien.* Marges. Encadrées.

26\. — **Le Silence de Vénus.** D'après J.-B. Huet. *A Paris, chez Bonnet, 1787.* N° 940. In-fol. en larg., en manière de crayon.

Superbe épreuve **imprimée en couleurs.** — Marges.

27\. — **Vénus à la Colombe.** D'après F. Boucher, 1764. Dédiée, avec armoiries gravées, à Mr de Selle, trésorier-gal de la Marine. *A Paris, chez la Ve de F. Chereau.* Gr. in-fol. en larg., en manière de crayon.

Belle épreuve *imprimée en sanguine.* Petite restauration.

BOREL (d'après)

28\. **La Faute est faite, permettez qu'il la répare.** Gravé par Anselin. Dédié, avec armoiries gravées, à Mr Devaud. *A Paris, chez Depeuille.* In-fol. en larg.

Belle épreuve. Marges.

BOUCHER (d'après F.)

29. **Bacchantes**. Gravé par St Non, 1766. Petit in-fol. en larg., à l'aquatinte.

Belle épreuve **imprimée en bistre**. Encadrée.

30. — **La Bergère Prévoyante**. Gravé par J. Aliamet. Dédié, avec armoiries gravées, à M. J.-B. Le Rebours. *A Paris, chez l'Auteur*. In-fol.

Très belle épreuve avec marge.

31. — **Le Chateau de Cartes**. Gravé par J.-M. Liotard. *A Paris, chés Audran*. In-4.

Très belle épreuve avec marges. — Encadrée.

BOUCHER (F.) et PIERRE (d'après)

32. — **Les Présents du Berger ;**
Les Serments du Berger.
Deux pièces faisant pendants, gravées par L. Lempereur. Dédiées, avec armoiries gravées, à Mmes les D^{sses} de Villeroy et de Villequier. *A Paris, chez Lempereur*. In-fol. en larg.

Très belles épreuves.

CARÊME (d'après)

33. **Lorezzo reçoit la Visite de son frère ;**
Le frère de Lorezzo lui rend ses titres et ses biens.
Deux pièces faisant pendants. *A Paris, chez Basset*. Gr. in-fol. en larg., au pointillé.

Très belles épreuves **imprimées en couleurs**, à toutes marges. — Pli dans les marges.

34. — **Le Marchand d'Orvietan en Campagne**. Gravé par Bonnet. *A Paris, chez Bonnet. N° 903*. Petit in-fol. en larg., en manière de crayon.

Très belle épreuve **imprimée en couleurs**, *avec quelques rehauts*. Marges.

CAZENAVE

35. **L'Amour et Psyché ;**
Autant en emporte le Vent.
Deux pièces faisant pendants, gravées par Cazenave et Thouvenin. Gr. in-fol.

Superbes épreuves **avant toute lettre, imprimées en couleurs.** — Marges.

CHARDIN (d'après)

36. **Les Amusements de la vie privée.** Gravé par L. Surugue, 1747. Dédiée, avec armoiries gravées, à Mme la C^sse^ de Tessin. *A Paris, chez L. Surugue.* In-fol.

Belle épreuve avec marges. Petite restauration. Encadrée.

CHEVALLIER (d'après)

37. **Le Peintre Amoureux de son model.** Gravé par J.-B. Michel. *A Paris, chez Gaillard.* In-4.

Très belle épreuve.

COLINET

38. **Mme la Comtesse Amélie de Boufflers.** In-fol. ovale équarri, au pointillé.

Très belle épreuve **imprimée en couleurs.**

39. **— Pity.** *Publ. nov. 1785 by R. Wilkinson.* In-4 ovale, aux pointillé.

Charmante petite pièce. — Très belle épreuve *imprimée en bistre.*

DEBUCOURT (P.-L.)

40. **M. le Mis de La Fayette,** Commandant général de la Garde Nationalle Parisienne. Peint et gravé par P.-L. Debucourt, 1790. *A Paris, chez l'Auteur.* Gr. in-fol.

Très belle épreuve légèrement *rehaussée en couleurs.* **Marges.**

41. — **Le Coup de Vent;**
Vue prise aux environs d'Écouen;
Vue de l'intérieur d'une Ferme en Picardie.
Trois pièces in-fol. en larg.

Très belles épreuves à grandes marges.

DE GOUY

42. **Les Trois Grâces.** D'après Eisen. Petite pièce ronde, au pointillé.

Belle épreuve **imprimée en couleurs.** Encadrée, cadre rond.

DE LAUNAY DE BAYEUX (d'après)

43. **Pèlerinage à St Nicolas.** Gravé par J. Mathieu. Gr. in-fol. en larg.

Très belle épreuve *avant les noms des artistes,* et titre de la pièce *à la pointe, lettre ouverte.*

DEMARTEAU

44. **Marie-Antoinette Jos.-Jea. Dauphine de France,** 1770. Dess. par Vassé, sculpteur du Roy. *A Paris, chés Demarteau.* In-4 en médaillon, en manière de crayon.

Très belle épreuve *imprimée en sanguine.*

45. — **La Bergère au Cœur.** D'après F. Boucher. N° 73. Gr. in-fol. en larg., en manière de crayon.

Très belle épreuve *imprimée en sanguine.* Petite restauration.

Voir la reproduction.

46. — **Le Sommeil.** D'après F. Boucher. N° 82. In-4, à la manière de crayon.

Belle épreuve *imprimée en sanguine.* — Sans marges.

47. — **Tête de Jeune Femme.** D'après F. Boucher. N° 132. In-4, en manière de crayon.

Belle épreuve *imprimée en sanguine.*

48. — **La Fillette au chat emmailloté.** D'après F. Boucher. N° 198. In-8, en manière de crayon.

Charmante petite pièce. Belle épreuve *imprimée en sanguine.* Encadrée.

49. — **Jupiter et Léda.** D'après F. Boucher. N° 220. In-4 en larg., en manière de crayon.

Belle épreuve *imprimée en sanguine.*

50. — **Vénus au bain.** D'après F. Boucher. N° 319. In-4 en manière de crayon.

Très belle épreuve *imprimée en sanguine.*

51. — **Sujet de Baigneuses.** D'après F. Boucher. N° 346. In-4, en manière de crayon.

Très belle épreuve *imprimée en sanguine.*

52. — **Têtes d'hommes en bustes, coiffés de turban avec aigrette et de bonnet à fourrure.** Deux pièces faisant pendants. D'après Vanloo. N° 373 et 375. In-4, en manière de crayon.

Belles épr. *imprimées en deux tons : noir et sanguine.* Encadrées.

53. — **Vénus couronnée par les Amours ;**
Vénus désarmée par les Amours.
Deux pièces faisant pendants. D'après F. Boucher. N°° 378 et 379. In-4 en larg., en manière de crayon.

Très belles épreuves *imprimées aux deux crayons : noir et sanguine.*

54. — **Le Satyre refusé**. D'après Caresme. N° 543. In-4 en larg., en manière de crayon.

Belle épreuve *imprimée aux deux crayons : noir et sanguine*.

55. — **Les Enfants Physiciens ;**
Le Chat chéri.
Deux pièces faisant pendants. D'après F. Boucher. N°s 544 et 545. In-4, en manière de crayon.

Très belles épreuves *imprimées aux deux crayons : noir et sanguine*.

55 *bis*. — **Etude d'Enfant**. D'après F. Boucher. N° 94. — **Femme et Enfants**. D'après F. Boucher. N° 118. — **Enfant**. D'après De La Rue. N° 258. — Trois pièces in-4, en manière de crayon.

Belles épreuves *imprimées eu sanguine*.

DESCOURTIS et JANINET

56. **Vue de l'hospice** et de la Chapelle des Capucins, Mont St-Bernard. — **Vue du Gross-Horn** et du Breit-Horn. — **Vue** de la Caverne du Dragon. — **Monument** érigé à la Gloire des fondateurs de la liberté helvétique. — Ens. 4 pièces in-fol. en larg.

Belles épreuves **imprimées en couleurs**.

56 *bis*. — **Glacier** inférieur (et supérieur) de la Vallée du Grindelwald. — **Vue du Schild-Wald-Bach**, etc. Ens. 5 pièces in-fol. en larg. et en haut.

Belles épreuves **imprimées en couleurs** ; une avec le titre coupé.

56 *ter*. — **Vue de Schadau**. — **Ville de Thun**. — **La Vallée du Lauterbronnen**. — **Hic libertatem nostri posuere parentes**. — Ens. 4 pièces in-fol. en larg.

Belles épreuves **imprimées en couleurs**.

DESSINS

57. **Paysages avec monuments.** — Deux dessins originaux, plume et aquarelle, par F. Le Febvre, 1782. In-fol. en larg.

Belles aquarelles du XVIIIe. — Encadrées.

DESRAIS et LE CLERC (d'après)

58. **Le Jeu de l'Escarpolette ;**
Les Baigneuses ;
Le Fossé du scrupule ;
La Chute favorable.
Quatre pièces gravées par Deny. *A Paris, chez l'auteur.* In-4 en larg.

Belles épreuves.

DROUAIS (d'après H.)

59. **Mlle Pélissier.** Gravé par J. Daullé. *A Paris, chez Basan.* In-fol.

Très belle épreuve avec marges.

ÉCOLES ANGLAISE ET FRANÇAISE

60. **Cupid and Psyché.** *Publ. 1781 by Humphrey.* In-4 ovale, au pointillé.

Très belle épreuve *imprimée en sanguine.*

61. — **La Perte irréparable.** *Publ. by R. Sayer, London.* In-4.

Très belle épreuve **avant toute lettre.**

62. — **La Pudeur allarmée.** *To be sold at F. Vivares, London.* In-4, au lavis de couleurs.

Très belle épr. **imprimée en couleurs.** Marges.

63. — **Romeo et Juliette.** Pièce ronde, au pointillé.

Très belle épr. **imprimée en couleurs.** Encadrée, cadre rond.

FORTIER (Claude)

64. **Le Café Politique.** *A Paris, chez Aubert et Boissel.* An XII. Gr. in-fol. en larg.

Très belle épreuve *coloriée.*

FRAGONARD (d'après H.)

65. **La Cachette découverte.** Gravé par R. de Launay le Jeune. *A Paris, chez l'Auteur. Avec Privilège du Roy.* In-fol. en larg.

Belle épreuve.

65 *bis.* — **L'Heureuse fécondité.** Gravé par N. de Launay. Dédié, avec armoiries gravées, à Mr Cochin. *A Paris, chez l'Auteur, A. P. D. R.* In-fol. en larg.

Très belle épreuve. — Petite marge.

66. — **Jeune femme en pied, de profil à gauche**. Gravé par Bonnet. *A Paris, chez Bonnet. N° 201.* In-fol., en manière de crayon.

Très belle épreuve *imprimée en sanguine*, avec marge. Rare. — Encadrée.

67. — **S'il m'était aussi fidèle.** Gravé par Dennel. In-fol.

Superbe épreuve **avant toute lettre,** *portant les signatures autographes du peintre et du graveur* (Fragonard et Dennel). Marges. Encadrée, cadre ancien.

68. — **Le Serment d'Amour**. Gravé par J. Mathieu. *A Paris, chez l'Auteur*. Gr. in-fol.

Belle épreuve.

69. — **Le Verrou**. Gravé par M[ce] Blot. Gr. in-fol. en larg.

Très belle épreuve remmargée avec soin ; titre refait. — Encadrée.

FREUDEBERG (d'après)

70. **Lison Dormait**. Gravé par P.-H. Trière. Dédiée, avec armoiries gravées, à M. Foulquier de la Bastide. *A Paris, chez Le Père et Avaulez*. In-fol.

Bonne épreuve, un peu frottée.

GREUZE (d'après J.-B.)

71. **L'Enfant au chien**. Gravé par C.-G. Schultze. *A Paris, chés Chereau*. In-4.

Très belle épreuve avec marges.

72. — **Le Fils Ingrat**. *A Paris, chez Esnauts et Rapilly*. In-fol. en larg.

Belle épreuve.

GUYOT (L.)

73. **Neuf petits motifs de Paysages** de forme ronde, sur une même planche. D'après Pernet. *A Paris, chez Guyot*. In-4 en larg., au lavis de couleurs.

Superbe épreuve **imprimée en couleurs**. Marges.

74. — **Le Génie de la Peinture**. D'après Pierre. Petit in-4 ovale, au pointillé.

Belle épreuve **imprimée en couleurs**.

75. — **Lyme Hall, Campagne du Ch^er^ P^re^ Legh ; Cricksands priorg maison du Ch^r^ George Osborn.**

Deux pièces, d'après C. Nales et W. Watts. In-4 ovales, en larg., au lavis de couleurs.

Belles épreuves **imprimées en couleurs**, la 1re avec marges découpées en ovale.

76. — **Paysage**. Petite pièce de forme ronde.

Jolie petite pièce **imprimée en couleurs**. Encadrée.

HICKEL (d'après Anton.)

77. **Lamballe** (Mar.-Thér.-Louise de Savoye Carignan, Princesse de). Gravé par S. Malgo. Gr. in-fol., à la manière noire.

Très belle épreuve du *1er état*, avec la *lettre ouverte*.

HUBERT-ROBERT (d'après)

78. **L'Hermite du Colisée**. Gravé par J.-B. Morret. In-fol., au lavis de couleurs.

Très belle épreuve **imprimée en couleurs.**

79. — **Vue d'Italie : Fontaine monumentale dans un Parc**. Gravé par St-Non. Petit in-fol. en larg., à l'aquatinte.

Très belle épreuve **imprimée en bistre**. — Encadrée.

HUET (d'après J.-B.)

80. **L'Amant Pressant ;**
La Déclaration.

Deux pièces faisant pendants. Gravées par A. Legrand. *A Paris, chez Bonnet*. In-fol.

Superbes épreuves *à toutes marges, finement rehaussées en couleurs.*

80 *bis*. — **La Déclaration**. Gravé par A. Legrand. In-fol.

Très belle épreuve **imprimée en couleurs**.

81. — [**Les Bacchantes énivrées**]. Gravé par Bonnet? In-4 ovale, en manière de crayon.

Très belle épr. **imprimée en couleurs**. Sans marges. Encadrée, cadre ovale.

82. — **La Bonne Chienne ;**
La Chèvre bien aimée.
Deux pièces gravées par Bonnet. In-4 en larg., en manière de crayon.

Très belles épreuves **imprimées en couleurs**. Encadrées dans leur cadre de l'époque.

83. — **La Bouillie aux Chats ;**
Le Coq secouru.
Deux pièces gravées par Bonnet. In-4 en larg.

Très belles épreuves **imprimées en couleurs**. — Encadrées dans leur cadre de l'époque.

84. — **Les Boules de Savon ;**
Le Petit Château de Carte.
Deux pièces gravées par Bonnet. In-4 en larg., en manière de crayon.

Très belles épreuves **imprimées en couleurs**. — Encadrées dans leur cadre de l'époque.

85. — **Le Drapeau National ;**
Le Tambour National.
Deux pièces gravées par Bonnet. In-4 en larg.

Très belles épreuves **imprimées en couleurs**. — Encadrées dans leur cadre de l'époque.

86. — **Les Echasses ;**
Le Petit sabot.
Deux pièces gravées par Bonnet. In-4 en larg., en manière de crayon.

Très belles épreuves **imprimées en couleurs.** Encadrée, dans leur cadre de l'époque.

87. — **Le Petit Cavalier ;**
Les Petits Gourmands.
Deux pièces gravées par Bonnet. In-4 en larg., en manière de crayon.

Très belles épreuves **imprimées en couleurs.** — Encadrées dans leur cadre de l'époque.

88. — **La Nimphe Hesperie fuyant Esaque qui l'aimait fut piqué par un serpent et mourut de sa blessure.** Gravé par L.-M. Bonnet. *A Paris, chez Bonnet. N° 760.* In-4, en manière de crayon.

Très belle épreuve **imprimée en couleurs.** Marges.

89. — **Les Pêcheurs.** Gravé par Jubier. *A Paris, chez Bonnet.* In-fol. en larg., en manière de crayon.

Belle épreuve *rehaussée de couleurs.* Marges.

90. — **1st (and 2st) Study of Animals.** Deux pièces faisant pendants. Gravées par Tennob (Bonnet). In-4 en larg., en manière de crayon.

Très belles épreuves **imprimées en couleurs.** Encadrées.

INCROYABLES et MERVEILLEUSES

(Pièces sur les)

91. **L'Inconvénient des Perruques.** Gravé par Darcis, d'après C. Vernet. In-fol. en larg.

Très belle épreuve *coloriée.* Grandes marges.

92. — **La Folie du Jour**. Gravé par Tresca. In-fol. en larg.

Très belle épreuve *coloriée.*

93. — **Les Incroyables ;**
Les Merveilleuses.
Deux pièces faisant pendants. Gravées par Darcis, d'après C. Vernet. In-fol. en larg.

Très belles épr. *coloriées.*

94. — **L'Oracle consulté**. Gravé par Guyard. *A Paris, chez l'auteur et chez Louis Journeau.* In-fol. en larg.

Très belle épreuve *coloriée.*

ISABEY (d'après J.-B.)

95. **Salle d'Exhibition de J. Isabey à Londres**. Gravé par W. Bennet. In-4 en larg., à l'aquatinte.

Très belle épreuve **avant toute lettre**, *rehaussée en couleurs*, grandes marges.

JANINET (J.-F.)

96. **Le Baiser de l'Amour ;**
Le Baiser de l'Amitié.
Deux pièces faisant pendants. D'après Doublet. *A Paris, chés Basan et Poignant*. In-fol., au lavis de couleurs.

Très belles épreuves **imprimées en couleurs**, la 1re à toutes marges, et d'une fraicheur tout-à-fait remarquable.

97. — **Ire (et IIe) Ruine d'Athesne**. D'après Boucher fils, 1772. *A Paris, chez le Père et Avaulez*. Deux pièces de forme ronde, cadres équarris. Petit in-fol. en manière de crayon.

Très belles épreuves *imprimées en sanguine.*

98. — **Le Rendé-vous Comique**. D'après Watteau. *A Paris, chez Janinet.* In-4, au lavis de couleurs.

Très belle épreuve **imprimée en couleurs**. Grandes marges.

99. — **Ruines Romaines**. Petit in-fol. ovale, au lavis de couleurs.

Très belle épreuve *d'état avant toute lettre,* **imprimée en couleurs.**

JAZET (J.-P.-M.)

100. **Vue de Saint-Cloud et des environs**. D'après Michalon. *A Paris chez Ostervald l'aîné.* Gr. in-fol. en larg., à l'aquatinte.

Très belle épreuve *coloriée*, avec marges. Encadrée.

JEAURAT (d'après Et.)

101. **Le Garçon Jardinier**. Gravé par Nic. Dufour. Dédié, avec armoiries gravées, à M. Charles, Mis de Villette. *A Paris, chez Aliamet.* Gr. in-fol.

Très belle épreuve.

LANCRET (d'après N.)

102. L'Enfance. Gravé par N. de Larmessin. *A Paris chez N. de Larmessin. A. P. D. R..* In-fol. en larg.

Très belle épreuve. Petite marge.

LAWREINCE (d'après N.)

103. **Les Apprêts du Ballet**. Gravé par Tresca. *A Paris. chez Tresca.* In-fol. en larg.

Très belle épreuve à grandes marges.

LAWREINCE (d'après N.)

104. **L'Assemblée au Salon**. Gravé par F. Dequevauviller, 1783. Dédié, avec armoiries gravées, à Mr le duc de Luynes et de Chevreuse. *A Paris, chez Dequevauviller. A. P. D. R.* Gr. in-fol. en larg.

Très belle épreuve ; marges.

105. — **Le Billet doux**. Gravé par N. de Launay. Dédié, avec armoiries gravées, à M. Ménager de Pressigny. *A Paris, chez De Launay.* In-fol.

Belle épreuve. — Encadrée.

106. — **Le Directeur des Toilettes**. Gravé par Voyez l'aîné. *A Paris, chez de Ghendt et Desmarest.* In-fol.

Belle épreuve ancienne, mais sans marges, ayant subie quelques petites restaurations. Encadrée.

LAWRENCE (Sir Th.)

107. **Nature**. Gravé par Samuel Cousins. In-fol., à la manière noire.

Charmante pièce. Très belle épreuve à toutes marges.

Voir la reproduction.

107 *bis*. — **The Marquis of Douglas and the Lady Susan Hamilton**. Gravé par Lewis. *London, pub. 1830.* In-fol., au pointillé.

Très belle épreuve *légèrement rehaussée en couleurs.* Grandes marges.

LE BRUN (d'après L.)

108. **L'École de l'Amour**. Gravé par J.-B.-C. Chatelain, 1772. Dédié, avec armoiries gravées, à M. le Cte de Steni. *A Paris, chez Mondhare.* In-4.

Belle épreuve.

LE GRAND (Aug.)

109. **La Prière**. D'après Miss Julia Conyers. *A Paris, chez Bance*. In-4.

Belle épreuve *imprimée en couleurs*.

110. — **Le Travail ;**
La Récréation.
Deux pièces faisant pendants. *A Paris, chez Bance l'aîné*. In-4.

Belles épreuves **imprimées en couleurs**.

LEVACHEZ

111. **Bonaparte, Premier Consul de la République Française**. Revue de Quintidi. Portrait d'après Boilly ; avec scène au bas, gravé à l'eau-forte par Duplessis-Bertaux. *A Paris, chez Aubert, an X*. In-fol., au lavis de couleurs.

Très belle épreuve **imprimée en couleurs**, de ce beau portrait rare. Grandes marges.

Voir la reproduction.

LINGÉE (Mme)

112. **Portrait de Lédans**. In-4, en manière de crayon.

Belle épreuve *avant la lettre*, **imprimée en couleurs**.

LOCHER (d'après G.)

113. **La Pharmacie Rustique**, ou Représentation exacte de l'intérieur de la Chambre, où Michel Schuppach connu sous le nom du Médecin de la campagne, tient ses consultations. Gravé à Basle par Barth. Hubner en 1775. *A Basle, chez Ch. de Mechel et à Paris, chez Basan et Poignant*. In-fol. en larg.

Belle épreuve.

N° 45 du Catalogue.

N° 111 du Catalogue.

N° 145 du Catalogue.

MALLET (d'après J.-B.)

114. **Ayez pitié de moi!** Gravé par Benoist. *A Paris, chez Osterwald l'aîné*. In-4 en larg., au pointillé.

Très belle épreuve **imprimée en couleurs**, avec rehauts. — Encadrée.

115. — **Julie ou Premier baiser de l'Amour.** Gravé par Copia. In-fol. au pointillé.

Très belle épreuve. Marge.

116. — **Retour de l'Isle d'Amour.** Gravé par St Val, an 10 (1802). *A Paris, chez Lorrion*. In-fol., au pointillé.

Superbe épreuve **imprimée en couleurs**, d'une fraicheur remarquable. Marges.

117. — **Le Somnambule.** Gravé par Cardon. *A Paris, chez Ch. Bance*. In-4, au pointillé.

Belle épreuve *finement rehaussée en couleurs*. — Encadrée.

MOREAU LE JEUNE (d'après J.-M.)

118. **J'en accepte l'heureux présage;**
N'ayez pas peur ma bonne amie.
Deux pièces, petites réductions des célèbres estampes de Moreau. *A. P. D. R.* In-12 (nos 15 et 16).

Très belles épreuves.

MORLAND (d'après)

119. **La Douce Attente.** Gravé par Marvye. In-fol. ovale, au pointillé.

Très belle épreuve **imprimée en couleurs**. Marges découpées en ovale.

NERBÉ

120. **Familiarité Dangereuse.** In-fol.

Très belle épreuve **avant toute lettre.**

NORDEPUIS (d'après)

121. **Vue de Saint-Cloud.** Dédiée à Sa Majesté l'Impératrice des Français. Gravé par Régine Carey. *A Paris, chez J.-C. Carey.* Gr. in-fol. en larg., à l'aquatinte.

Très belle épreuve *coloriée*. Encadrée.

PAROY (Cte de)

122. **Bacchanale**. D'après N. Poussin, 1786. Dédié, avec armoiries gravées, à M^r^ le Cte de Vaudreuil, grand fauconnier de France. In-fol. en larg., au lavis de couleurs.

Superbe épreuve **imprimée en couleurs** avec marges.

PATERRE (d'après)

123. **Les Plaisirs de la Jeunesse : Colin-Maillard.**
La Danse.
Deux pièces faisant pendants. Gravées par Fillœul, 1738. *A Paris, chez Fillœul.* In-fol.

Très belles épreuves. Petite restauration à la première pièce.

PAYE (d'après R.-M.)

124. **The Disstress'd Girl.**
The Sulky Boy.
Deux pièces faisant pendants. Gravées par J. Young. *Publ. April 6. 1776, by J. Young, London.* Gr. in-fol., à la manière noire.

Très belles épreuves.

PERNET (d'après P.)

125. **Ruines romaines.** Gravé par Demarteau. In-4 ovale, au lavis de couleurs.

Très belle épreuve **imprimée en couleurs**. Encadrée, cadre ovale.

PETERS (d'après W^{m})

126. **The Italian Fruit Girl**. Gravé par R. Marcuard. *London, publ. aug. 1. 1782 by J. Walker*. Petit in-fol. ovale, au pointillé.

Très belle épreuve *imprimée en sanguine*. Marges encadrées.

PORPORATI (C.-A.)

127. **Vénus caressant l'Amour**. D'après P. Battoni. Gr. in-fol.

Superbe épreuve **avant toute lettre** et à grandes marges.

PRUD'HON (d'après P.-P.)

128. **L'Amour réduit à la Raison** ;
Le Cruel rit des pleurs qu'il fait verser.
Deux pièces faisant pendants. Gravées par Copia. An X. In-fol. en larg.

Très belles épreuves **avant la lettre**. Marges.

129. — **Le Bain (Daphnis et Chloé)**. Gravé par B. Roger. In-4.

Très belle épreuve *avant le n°*. Grandes marges. — Encadrée.

130. — **Le Coup de patte du Chat**, ou les peines que l'Amour nous cause. Gravé par Prud'hon fils. *A Paris, chez Pomel J^{ne} et Cie*. In-fol.

Très belle épreuve avec marges.

131. — **Dafni et Cloé ;**
Phrosine et Mélidor.
Deux pièces gravées par Roger. In-8.

Très belles épreuves encadrées.

132. — **Le Génie et l'Étude.** Gravé par Forget. In-4.

Belle épreuve **imprimée en couleurs**. Encadrée.

133. — **Innocence et Amour.** Gravé par Villerey, 1817. *A Paris, chez Villerey et chez Bance.* In-fol. en larg.

Très belle épreuve avec marges.

134. — *La même pièce.* Pillement fils, aqua-forti. In-fol. en larg.

Très belle épreuve, à l'état *d'eau-forte pure.*

135. — **Mange, mon petit, mange.** Gravé par B. Roger. *A Paris, chez Bance et chez Roger.* Gr. in-fol.

Très belle épreuve avec marges.

136. — **La Vengeance de Cérès.** Gravé par Copia. In-fol. en larg.

Très belle épreuve **avant la lettre.**

ROSALBA (d'après)

137. **La Belle Anglaise.** Gravé par Mlle Jubert. *A Paris, chez Le Grand.* In-8 ovale, au pointillé.

Charmante petite pièce. Très belle épreuve **imprimée en couleurs**. Encadrée.

RUSSEL (d'après J.)

138. **Fillette au panier de pigeons.** Gravé par C. Knight. *London, publ. 1792 by C. Knight.* In-fol. en larg., au pointillé.

Belle épreuve **imprimée en couleurs.**

SAINT-AUBIN (d'après A. de)

139. **Jeune femme en pied, tenant un parasol.** Gravé par Gillberg. In-8, en manière de crayon.

Charmante petite pièce *imprimée en sanguine.* — Encadrée.

St-AUBIN (d'après G. de)

140. **La Guinguette**, divertissement pantomine, du Théâtre Italien ;

Ballet dansé au Théâtre de l'Opéra, dans le Carnaval du Parnasse.

Deux pièces faisant pendants, gravées par F. Basan. Dédiées, avec armoiries gravées à Mgr le duc de la Valière. *A Paris, chés Basan*. In-fol. en larg.

Très belles épreuves. — Petites restaurations.

SANGUINES

141. **Tête de Jeune fille**. Gravé par Fse Basset, d'après F. Boucher. *A Paris, chez Basset*. — **Intérieur de Ferme**. — Deux pièces in-4, en manière de crayon.

Belles épreuves *imprimées en sanguine*, grandes marges, la 2e *avant toute lettre*.

SCHALL (d'après F.)

142. **La Saison des Amours**. Gravé par A. Le Grand. In-fol.

Très belle épreuve **imprimée en couleurs**. Marges. Encadrée.

Voir la reproduction.

SERGENT-MARCEAU (A.-F.)

143. **Marie-Thérèse-Charlotte de France**, 1796. In-fol., au lavis de couleurs.

Très belle épreuve **avant la lettre, imprimée en couleurs**.

144. — **Marceau.** En pied, en costume de hussard. Dess. grav. par A. Sergent-Marceau, An 7. Gr. in-fol., au lavis.

Très belle épreuve ; marges.

145. — **Marceau.** Né à Chartres, soldat à XVI ans, général à XXIII, mort à XXVIII. En pied, dans le Costume de Hussard qu'il portait au moment où il fut tué. Gr. in-fol., au lavis de couleurs.

Superbe épreuve **imprimée en couleurs.** Marges. Chef-d'œuvre de l'artiste.

Voir la reproduction.

146. — **Emira Marceau-Sergent**. Dess. et gravé par Sergent-Marceau à Venise, 1808. Petit in-fol., au lavis de couleurs.

Très belle épreuve **imprimée en couleurs. — Très rare.**

147. — **Honneurs rendus au brave Marceau après sa mort.** In-fol. en larg., au lavis de couleurs.

Très belle épreuve **avant toute lettre, imprimée en couleurs.**

VERNET (d'après Carle)

148. **Le Départ du Chasseur ;**
Le Retour du Chasseur.
Deux pièces faisant pendants. Gravées par Debucourt. Gr. in-fol en larg., à *l'aquatinte.*

Très belles épreuves avec marges.

149. — **Les Ennuyés chez eux.** Gravé par Coqueret. *A Paris, chez Guérin.* In-fol. en larg. à l'aquatinte.

Très belle épr. **coloriée** ; grande marge.

150. — **Le Joueur de Cornemuse.** Gravé par Debucourt. In-fol en larg., à l'aquatinte.

Très belle épreuve **avant toute lettre,** *coloriée,* et à grandes marges. Encadrée.

151. — **Oh ! c'est bien ça.** Gravé par Levachez. In-fol. en larg.

Très belle épreuve *coloriée.*

VIGÉE LE BRUN (d'après L.-F.).

152. **Vénus liant les ailes de l'Amour.** Gravé par C.-G. Schultze. Gr. in-fol.

Très belle épreuve **avant toute lettre,** noms des artistes à la pointe ; à toutes marges.

WATTEAU (d'après A.).

153. **La Partie Quarrée.** Gravé par J. Moyreau. *A Paris, chez Gersaint.* In-fol. en larg.

Très belle épreuve avec marges.

154. — **La Surprise.** Gravé par B. Audran. *A Paris, avec Privilège du Roy.* In-fol.

Très belle épreuve avec marges.

155. — **Un Baiser ou ta rose !**
Quoi pas même la main ?
Deux pièces faisant pendants, gravées par Et. Fessard In-4.

Très belles épreuves **avant toute lettre.** — Peu commun.

WESTALL (d'après R.)

156. **Beatrice ;**
Perditta.
Deux pièces faisant pendants. Gravées par T. Cheesman, élève de F. Bartolozzi. *Publ. 1793, by J.-F. Tomkins* Petit in-fol., au pointillé.

Très belles épreuves *imprimées en bistre,* avec marges. — Petite restauration à la 1re pièce.

WILLE (d'après P.-A.)

156 *bis*. **Les Conseils Maternels ;**
La Mère Indulgente.
Deux pièces faisant pendants, gravées par Lempereur. Dédiées, avec armoiries gravées, à Mr le Cte de la Billarderie d'Angiviller. *A Paris, chez Lempereur.* In-fol.

Belles épreuves.

WHITE (Ch.)

157. **The Cottagers.** *Pub. 1785 by C. White.* In-4 ovale, au pointillé.

Très belle épreuve *imprimée en sanguine.*

ZUCCARELLI (d'après).

158. **Vénus et Cupidon.** Gravé par V.-M. Picot. Pièce ronde. In-fol., au pointillé.

Belle épreuve encadrée, cadre rond.

www.ingramcontent.com/pod-product-compliance
Ingram Content Group UK Ltd.
Pitfield, Milton Keynes, MK11 3LW, UK
UKHW021041180726
13838UKWH00004B/1946